Gustav Heinrich Gans von u. zu Putlitz

Unerträglich: Lustspiel in einem Akt

Gustav Heinrich Gans von u. zu Putlitz

Unerträglich: Lustspiel in einem Akt

ISBN/EAN: 9783743654761

Hergestellt in Europa, USA, Kanada, Australien, Japan

Cover: Foto ©Andreas Hilbeck / pixelio.de

Weitere Bücher finden Sie auf **www.hansebooks.com**

Lustspiele

(Neue Folge)

von

Gustav zu Putlitz.

Dritter Band.

Berlin.
B. Behr's Buchhandlung (E. Bock).
27 unter d. Linden.
1869.

Druck von Rosenthal & Co., August-Straße 80.

Unerträglich.

Lustspiel in einem Akt.

Personen.

Aurelie, eine junge Wittwe.
Ferdinand, ihr Verlobter.
Margarethe, Ferdinands Nichte.
Walther, Aureliens Bruder.

Der Verfasser behält sich und seinen Rechtsnachfolgern das ausschließliche Recht vor, die Erlaubniß zur öffentlichen Aufführung und zur Uebersetzung zu ertheilen.

Scene: Ein Gartensalon in Aurelien's Landhause. Im Hintergrunde Glasthüren, die in den Park führen. Rechts und links Seitenthüren. Sehr elegante Meubles. Links vorn ein Etablissement um einen runden Tisch, auf dem allerlei weibliche Arbeiten liegen; rechts ein Schreibtisch, mit Epheugittern umstellt.

Erste Scene.

Aurelie (sitzt links mit einer Arbeit). **Margarethe** (auf einem niedrigen Tabouret zu ihren Füßen, gleichfalls mit einer Arbeit, aber ohne zu arbeiten).

Margarethe.

Nun bin ich schon seit vierzehn Tagen aus der Pension, in der ich mit meinen siebzehn Jahren doch recht alt war, bei Dir, und bin so glücklich, daß Onkel Ferdinand mich zu Dir brachte, Aurelie!

Aurelie (immer etwas zerstreut nach dem Hintergrund sehend).

Du liebes Kind. Aber weißt Du, daß es mir immer komisch ist, wenn Du Ferdinand Onkel nennst.

Margarethe (ernst).

Er ist aber doch mein richtiger Onkel, der einzige Bruder meiner Mama, die freilich um einige Jahre älter war als er. Aber gar so jung ist er auch nicht mehr.

1*

Aurelie
(hält ihr den Mund zu).

St! Vielleicht nicht in Deinen Augen. Ich halte ihn nun einmal für den jüngsten, schönsten, besten, liebenswürdigsten Mann auf der ganzen Welt.

Margarethe
(bei jedem Ausdruck mit Zeichen des Staunens).

Ah! So — so, aber freilich, er ist Dein Verlobter, Du liebst ihn, und die Liebe, sagt man —

Aurelie.

Herzchen, was weißt Du von Liebe?

Margarethe (beleidigt).

Ah, von der weiß ich sehr viel.

Aurelie (lachend).

Du?

Margarethe.

Wozu, denkst Du denn, daß ich fünf Jahre in der Pension war?

Aurelie.

Doch nicht, um die Liebe kennen zu lernen?

Margarethe.

Nein, aber um über dieselbe nachzudenken. Zunächst muß ich darauf aufmerksam machen, daß die Liebe eine Collectiv-Bezeichnung ist. Abgesehen, daß man Freundschaft, Sympathie, Wohlwollen, Zutrauen, kurz alle freundlichen Regungen des Gemüthes fälschlich „Liebe" zu nennen pflegt, giebt es allgemeine Menschenliebe, Nächstenliebe, christliche Liebe, die nur unter civilisirten Völkern vorkommt; dann Eltern-, Kinder- und Geschwisterliebe; Gattenliebe soll es geben, davon war aber Mademoiselle in der Pension nicht ganz überzeugt, und dann noch eine ganze Menge Abarten bis zur Affenliebe hinunter.

Aurelie.

Nun, Gretchen, diese Auseinandersetzung lasse ich mir gefallen — für die Pension. (Für sich). Er kommt noch immer nicht.

Margarethe.

Seitdem habe ich nun hier weiter beobachtet, weiter nachgedacht. Ich hatte die beste Gelegenheit, die Liebe der Verlobten ins Auge zu fassen.

Aurelie.

Warum nicht gar?

Margarethe.

Du und Onkel Ferdinand, Ihr betet mir die vortrefflichsten und rückhaltlosesten Studien.

Aurelie (für sich).

Das ist nicht übel.

Margarethe.

Ich überlegte mir: Da sind ein Paar Menschen, die jahrelang kalt, höflich, gleichgültig neben einander hergingen. Plötzlich fällt ihnen ein, sich zu verloben. Auf einmal sind sie Feuer und Flamme. Nun leben, athmen sie nur noch für einander, sehen die ganze Welt nur in sich —

Aurelie (für sich).

Das ist ja unerträglich, solche Beobachterin zur Seite —

Margarethe.

Ach Aurelie, es thut mir leid, daß ich es Dir sagen muß, aber solche Liebe kann vor der Ueberlegung der Philosophie nicht bestehen.

Aurelie.

Närrchen!

Margarethe.

Nein, nein, das kannst Du mir glauben, mir, die ich in der

Philosophie immer die Erste gesessen habe. Ich war immer die
denkendste, die ernsteste in meiner Classe. Ach, davon muß ich Dir
eine Geschichte erzählen —

Aurelie (für sich).

Ich begreife nicht, wo er bleibt.

Margarethe.

Wir hatten einen Aufsatz zu machen über den inneren Eindruck
plötzlicher Freude in den verschiedenen Stufenaltern des Lebens. Das
Thema war nicht leicht, denn man mußte sich hineindenken in die
Empfindungen vom ersten Lallen des Kindes —

Aurelie.

Davon konntet Ihr nicht mehr viel wissen —

Margarethe.

Bis zum stumpfen Greisenalter —

Aurelie.

Und das solltet Ihr scharf auseinandersetzen?

Margarethe.

Freilich, den Eindruck auf das civilisirte Gemüth, wie auf das
des Wilden im Innern des noch unentdeckten Afrika —

Aurelie (für sich).

Punkt zehn wollte er doch hier sein.

Margarethe.

Es war im August und bald 10 Uhr Abends. Die Fenster des
großen Classensaales, in dem wir arbeiteten, hatten wir weit aufge-
macht, denn der Tag war drückend heiß gewesen. Um die Lampen
kreisten Mücken und Nachtfalter. Da plötzlich schwirrten zwei Fledermäuse herein zum Fenster und schossen im wirren Flug über unsere
Köpfe hin. Ein panischer Schreck fuhr in die jungen Mädchen.
Das hättest Du sehen sollen. Die schlang ihr Taschentuch um das

Haar, jene zog das Kleid über den Kopf, eine Andere duckte unter den Tisch, und wieder, wenn die widrigen Mäuse mit tiefem Flug an dem Boden hinzogen, sprangen Alle auf Tische und Bänke, kreischend, schreiend, in Todesangst. Da rollte ein Dintefaß über die eben begonnene Arbeit, dort fiel klirrend eine Lampe zu Boden. Caroline kroch unter das Chateder, die meisten klammerten sich an einander, selbst Virginie und Mally, die sich sonst niemals leiden konnten, lagen sich in den Armen. Nur ich, Aurelie, nur ich verlor meine Ueberlegung nicht. Die linke Hand stemmte ich auf die Freude der Eskimos, die ich eben beschrieben hatte, mit der rechten ergriff ich das große Classenlineal, und mein Entschluß war gefaßt.

Aurelie (zerstreut).

Und was thatest Du?

Margarethe.

Nichts! Ich philosophirte.

Aurelie.

Auch schon über die Liebe?

Margarethe.

Nein! über die Fledermäuse. Da plötzlich aus der Ecke hinter dem Ofen, in die sie sich geflüchtet hatten, schossen wie Pfeile die Mäuse über uns hin. Kreischend beugten sich alle Köpfe, ich allein stand aufrecht. Näher und näher kam —

Aurelie
(mit einem Blick in den Garten aufspringend).

Ferdinand!

Margarethe.

Nein, eine Fledermaus. (Sich umsehend.) Ah, da ist der Onkel, und sie hört nicht mehr. Unerträglich!

Zweite Scene.

Aurelie. Ferdinand (durch die Mitte). **Margarethe.**

Aurelie (zu Ferdinand, dem sie entgegen eilte).

Endlich, endlich bist Du da, Du lieber, lieber Freund.

Ferdinand.

Meine geliebte Aurelie! Wie habe ich die Stunden gezählt, wie ist mir die Zeit lang geworden. Aurelie, ich lebe nicht mehr, wenn ich fern bin von Dir. Welche Ewigkeit, seit ich Dich verließ.

Margarethe (für sich).

Eine Ewigkeit von sechszehn Stunden.

Aurelie.

Meine Gedanken waren immer bei Dir. O, Du mußt sie geahnet, gemerkt, gefühlt haben.

Margarethe (für sich).

Nun soll der Gedanken fühlen, drei Meilen weit. (Laut.) Guten Morgen, Onkel Ferdinand.

Ferdinand (ohne auf Margarethe zu achten).

Freilich. Du bist ja immer mit mir. Deine Liebe wirft ihren Schein um Alles, was mich umgiebt, in Allem sehe ich Deine Liebe.

Margarethe.

Auch in dem schlechten Weg? denn der ist abscheulich.

Aurelie.

Mir ist, als hätte ich die Stunden nicht gelebt, seit Du fort warst, so leer, so inhaltlos waren sie mir — ich weiß nicht mehr, was ich that, was ich sprach —

Margarethe (für sich).

Und sie sprach mit mir. Unerträglich! Und jetzt bemerken sie mich gar nicht. (Sie tritt an Ferdinand' heran und zupft ihn am Rock.) Onkel Ferdinand, noch einmal guten Morgen!

Ferdinand (ohne sich umzusehen).

Guten Morgen, Gretchen! Aurelie, ich konnte nicht schlafen diese Nacht. Ich stand am Fenster und sah in den Vollmond —

Aurelie (freudig).

Wie ich!

Ferdinand.

Das wußte ich. Jetzt sieht auch sie zu Dir hinauf, dachte ich, unsere Gedanken begegnen sich —

Margarethe.

Auf dem Mond!

Aurelie.

Ganz so war es. O Du lieber, lieber Freund. Ich muß Dir die Stelle zeigen dort im Garten, unter der Linde. Ach, die duftete so schön in dem Abendhauch. Wehte es Dich nicht an wie Linden=duft, als Du zum Vollmond hinaufsahst?

Ferdinand.

Ich glaube.

Aurelie.

Das war mein Gruß. Siehst Du, Ferdinand, das war mein Gruß.

Margarethe (tritt dazwischen).

Aber Onkel, aber Aurelie, glaubt Ihr denn wirklich, daß eine Linde, die hier im Garten blüht, drei Meilen weit duften kann?

Ferdinand (verdrießlich).

Ach Gretchen, was verstehst Du denn davon?

Margarethe.

Meint Ihr im Ernst, daß Gedanken sich körperlich fühlen, daß

Grüße sich begegnen können — auf dem Mond? Alle Gesetze der Physik, der Chemie weisen darauf hin —

Aurelie (zieht Ferdinand vor).

Gretchen ist allerliebst — aber unerträglich. Sie horcht Alles auf, versteht Alles falsch, man kann kein vernünftiges Wort vor ihr reden. Komm, folge mir in den Garten, ich habe Dir so viel, so viel zu sagen, zu fragen, zu erzählen.

Margarethe (die mit offenem Munde stehen blieb).

Nicht einmal die Chemie und Physik lassen sie gelten.

Ferdinand.

Komm, Aurelie, in den Garten, Du sollst mir die Linde zeigen.

Aurelie.

Wir wollen ihr danken —

Margarethe.

Ach bestellt ihr auch von mir ein schönes Compliment.

Aurelie (etwas gereizt).

Siehst Du, Ferdinand, so lieb ich sie habe, schon weil sie Deine — Cousine ist, lange ertrage ich sie nicht mehr um mich.

(Ab mit Ferdinand durch die Mitte.)

Margarethe (allein).

Unerträglich, wahrhaftig unerträglich. Liebe, Mondschein, Ewigkeit und Lindenduft. Immer dasselbe. Ob sie sich wohl wirklich etwas dabei denken? Sonst ein Paar so vernünftige Menschen, und der Unsinn und die Abneigung gegen jeden wissenschaftlichen Einwurf. Ja, sie hören mich nicht einmal an. (Sehr erzürnt.) Den ganzen Tag mit einem Brautpaar zusammen zu sein, das ist unerträglich; ich glaube sogar, es ist unmoralisch, denn weshalb hätte Mademoiselle uns sonst verboten, Romane zu lesen? Nur weil von Liebe darin vorkommt. Und ob es gefährlicher sein sollte, davon zu lesen, als es anzusehen, anzuhören? Ich hatte mir so sehr einen Roman gewünscht, aber jetzt glaube ich, daß es die langweiligsten Bücher sind. (Seufzend.) Ach Gott, ich wollte, sie wären erst verheirathet, damit diese langweilige Liebe ein Ende bekommt.

Dritte Scene.
Walther (aus dem Garten). **Aurelie.**

Walther.
Entschlüpft! Glücklich entschlüpft. Bin ich aber auch gelaufen.

Margarethe.
Mein Gott, Walther, was ist Ihnen denn so Erschreckliches begegnet?

Walther.
Etwas Erschreckliches? Nun freilich für einen vernünftigen Menschen kann man es fast so nennen — ein Brautpaar.

Margarethe.
Ach finden Sie es auch? das freut mich —

Walther.
Unerträglich! Liebe, Liebe und immer wieder Liebe. Und dazu Seufzer und Augenwerfen, und Handküsse, und Umarmungen, und —

Margarethe.
Halten Sie ein, Walther, und vergessen Sie nicht, daß ich eben aus der Pension komme.

Walther.
Verzeihen Sie, Gretchen, und bedenken Sie, daß ich eben mein erstes juristisches Examen gemacht habe, da hat man etwas zu gut.

Margarethe.

Freilich. Und in Bezug auf unser Brautpaar, auf die Liebe scheinen wir ganz einerlei Meinung zu sein. Mir kommt es vor, als wären wir vernünftiger, ernster, als die beiden.

Walther.

Weshalb sollte ich auch nicht vernünftig sein? Wenn man sein erstes Examen bestanden hat —

Margarethe.

Und ich, wenn ich auch im Rechnen auf der letzten Bank saß, war ich in der Philosophie immer die Erste in der Pension.

Walther.

Nun da denke ich, kann man uns schon ein Urtheil zutrauen —

Margarethe.

Ueber alle große Fragen, die die Welt bewegen —

Walther.

Selbst über die Liebe —

Margarethe.

Selbst über die, obgleich sich nicht viel darüber sagen läßt.

Walther.

Da scheint nun meine Schwester und ihr Bräutigam anderer Meinung zu sein, die sprechen von nichts als von der Liebe.

Margarethe.

Aber so langweilig. Beide sind doch gescheidte Menschen, doch das läßt fast auf Gedankenarmuth schließen.

Walther.

Am Ende — sie sind den ganzen Tag zusammen, da muß ihnen schließlich der Stoff ausgehen.

Margarethe.

Ja, weshalb denn? Wenn sie nur von etwas Anderem sprächen,

als von der Liebe. Wir plaudern doch auch den ganzen Tag, und uns hat es noch niemals an Stoff gefehlt.

Walther.
Ja wir lieben uns auch nicht.

Margarethe.
Da haben Sie Recht. Darin mag es auch wohl liegen. Aber Walther, sagen Sie mir aufrichtig, Sie müssen das wissen, denn Sie haben Ihr juristisches Examen bestanden, glauben Sie denn wirklich, daß es Liebe giebt?

Walther.
Man sagt so, denken kann ich es mir freilich nicht recht.

Margarethe.
Sehen Sie. Und wenn ein paar erwachsene, erfahrene und ge=scheidte Menschen, wie wir sind, sich eingestehen müssen, daß es gar keine Liebe giebt, so ist diese Ansicht doch mindestens beachtenswerth.

Walther.
Ich wenigstens habe mir vorgenommen, mich immer von der Thorheit der Liebe fern zu halten.

Margarethe.
Mir wird das nicht schwer werden. Ich sehe so klar in der Sache — und es giebt auch gar keine Liebe.

Walther.
Topp! lassen Sie uns feststellen, daß es gar keine Liebe giebt. Den Satz einmal angenommen —

Margarethe.
Aber dann weiß ich wirklich nicht, was der Onkel und Aurelie darüber zu reden haben.

Walther.

Nun das weiß ich auch nicht. Darüber hätte ich nicht zwei Worte zu sagen.

Margarethe.

Herr Gott, und seit einer Stunde sprechen wir auch von nichts Anderem als von der Liebe.

Walther.

Da haben Sie Recht. Aber nein, wir sprechen ja nur von der Liebe, die nicht existirt. Wir lieben ja nicht.

Margarethe.

Richtig, das vergesse ich immer.

Walther.

Sehen Sie, Gretchen, ich war immer so gern hier, ich liebe meine Schwester über Alles, und Ferdinand ist mein liebster Freund. Seit die Beiden aber verlobt sind, wurde mir hier Zeit und Weile lang. Wären Sie nicht gekommen, ich hätte es nicht mehr ertragen. Wir haben uns aber immer etwas Hübsches zu erzählen.

Margarethe.

Das kommt eben, weil wir uns nicht lieben, sonst wären wir gerade so langweilig wie die Beiden.

Walther.

Herr Gott, dann lassen Sie uns ja bei unserer Manier bleiben.

Margarethe.

Um Himmelswillen, das denke ich auch.

Walther.

Ah, da kommt unser Brautpaar und steuert direct auf diesen Salon zu. Ach, nun ist es wieder vorbei mit unserm gemüthlichen Geplauder.

Margarethe.

Schade. Ich bin so gern mit Ihnen zusammen, besonders wenn wir allein sind.

Walther.

Da sind sie schon am Rosenboskett. Nun geht die ganze Litanei der Liebe wieder an; ich mache mich aus dem Staube. (Zurückkehrend). Nicht wahr, Gretchen, wenn sie fort sind, Sie finde ich wieder hier? (Ab nach links).

Margarethe.

Er hat Recht, es ist nicht zum Ertragen. Ob ich ihm nachlaufe? In sein Zimmer, nein, das geht nicht. Warum er auch nicht in den Garten entschlüpfte? Ach, (seufzend) dann muß ich wohl hier bleiben, denn hier, hat er gesagt, sollte ich ihn erwarten. Wissen möchte ich übrigens doch auch, was ein Paar Liebende sich immer zu erzählen haben. Also bleibe ich hier und höre zu. Am Ende, ich habe nichts Besseres zu thun, bis Walther wiederkommt, sie bemerken mich kaum, und eine Viertelstunde kann man schon wenden an den Unsinn. (Sie schlüpft hinter das Epheugitter.) So, jetzt Zärtlichkeit, nimm Deinen Lauf.

Vierte Scene.

Aurelie, Ferdinand (aus dem Garten). **Margarethe** (hinter dem Epheugitter).

Aurelie

(etwas erregt hereinstürzend, aber noch halb scherzend).

Nein, Ferdinand, das ist abscheulich. Du weißt, daß ich blau nicht leiden kann, weißt, daß ich nur grüne Ueberzüge über die

Meubles, grüne Vorhänge und Portieren ausgesucht habe, und nun läßt Du mir meine Zimmer himmelblau auskleben.

Ferdinand (leicht und unbefangen).

Aber liebes Herz, die Tapete gefiel mir so gut, die Farbe ist wirklich schön —

Aurelie (sehr heftig).

Schön? Himmelblau mit grünen Vorhängen schön? Das muß ich gestehen — solcher Geschmack —

Ferdinand (etwas gereizt).

Aber ich dachte ja nicht an Deinen grünen Stoff.

Aurelie (gekränkt).

Du dachtest nicht daran, darin liegt es ja eben. Ich bin ja nicht eigensinnig, ich wollte, wenn es Dir Freude machte, in einem Zimmer wohnen, das wie ein Chamäleon alle Farben spielt, aber Du sahst meine Freude an dem grünen Stoff, und das war Dir ganz gleichgültig, Du konntest es vergessen —

Ferdinand (begütigend).

Beruhige Dich, Aurelie. Ich lasse die Tapete wieder herausreißen, auf der Stelle.

Aurelie.

Und wenn Du das zehnmal thätest, als ob das etwas änderte; vergessen hattest Du es doch, und das kränkt mich, kränkt mich tief. (Sie weint.)

Ferdinand.

Thränen, Aurelie? Thränen, um eine erbärmliche Tapete?

Aurelie.

Um die Tapete? Siehst Du, Du denkst nur an die Tapete. (Heftig.) Was liegt an der? Bin ich so albern, um die Farbe einer

Tapete zu weinen? Ich fühle es wohl, der Vorwurf liegt in Deinen Worten —

Ferdinand.

Aber liebes Herz —

Aurelie.

Nenne mich nicht so. Wenn Du mich wirklich liebtest, hättest Du es nicht vergessen, daß ich mich auf ein grünes Zimmer freute.

Ferdinand.

Wie kannst Du zweifeln, an meiner Liebe zweifeln?

Aurelie.

O ich sehe es ja, sehe es deutlich — (schluchzend, halb vor Zorn). Wenn Du mich wahrhaft liebtest, wäre Dir auch dieser Wunsch werth gewesen. Aber freilich, was liegt daran, ob ich mich freue oder nicht, ob ich mich behaglich fühle in den neuen Räumen; was liegt an einer Tapete, ob sie grün oder blau ist. Das sind Frauenlaunen, Frauen= eitelkeiten, das Nichtigste auf der Welt. Freilich, was für ein Kleid soll man anziehen bei einer glänzend blauen Tapete? Alle hellen Farben macht die todt. Also grau, grau, schwarz wie eine Nonne. Ich bin vielleicht nicht mehr jung genug für helle Farben. O, das hättest Du ja nur sagen können, aber es ist eine etwas unzarte Art, mir meine 26 Jahre vorzuwerfen, und ich dachte doch nicht, daß ich Dir dazu jemals Ursach' gegeben hätte.

Ferdinand.

Aber Aurelie, wer denkt denn daran?

Aurelie.

Du nicht, Du freilich nicht. Du denkst überhaupt nicht an mich, wenn Du fern bist, nicht an das, was mich freut, nicht an das, was mich kränkt. O, das ist ja auch gleichgültig, Ihr Männer habt ja viel Wichtigeres zu bedenken. Aber wenn Du mich liebtest, würdest

Du an mich denken — (Laut weinend in einen Stuhl sinkend). Ferdinand, Du liebst mich nicht, hast mich niemals geliebt.

Ferdinand.

Aurelie, liebe einzige Aurelie.

Aurelie.

Laß mich, laß mich. Du verstehst mich nicht, kannst mich nicht verstehen. Alles wollte ich verschmerzen, nur nicht diese Gleichgültigkeit. Er sieht meine Thränen, sieht meinen Schmerz und weiß nichts als „liebe Aurelie". Ach, ich bin namenlos unglücklich! O mein Gott, womit habe ich das verdient? So auf einmal gerissen zu werden aus der beseeligendsten Täuschung, so auf einmal gestürzt zu werden in das bitterste Elend.

Ferdinand (etwas heftig).

Aber, mein Gott, was ist denn geschehen?

Aurelie (aufspringend).

Was geschehen ist? Das fragst Du noch? (Heftig.) Ich bin Dir gleichgültig, Du liebst mich nicht mehr, hast mich niemals geliebt, das wird mir klar, klar in dieser Stunde, und Du fragst, was geschehen ist. Nun, Herr von Rahnstein, das ist stark, das ist sehr stark.

Ferdinand.

Aurelie, diese Vorwürfe, diese Heftigkeit —

Aurelie.

Heftig? Ich heftig? Ich bin so ruhig, so sanft, so gefaßt. Sie, mein Herr, Sie sind heftig, aufbrausend, roh —

Ferdinand (aufbrausend).

Meine gnädige Frau! Seit einer Stunde überschütten Sie mich mit Vorwürfen, mit ganz aus der Luft gegriffenen Vorwürfen, ich ertrage alles mit einer Geduld — (schreiend) mit einer Lammesgeduld —

Aurelie (hält sich die Ohren zu).

Genug, Herr von Rabnstein, Sie sind bei einer Dame, sind in meinem Zimmer, ich muß bitten —

Ferdinand.

Sie weisen mir die Thür? O, jetzt sehe ich Alles, gnädige Frau. Sie wollen ein Band lösen, das Ihnen lästig wird, ein Wort zurück nehmen, das Sie wahrscheinlich in der Uebereilung gaben, suchen Vorwände —

Aurelie.

Kein Wort mehr! Das ist unwürdig. Und diesen Mann habe ich so unaussprechlich geliebt.

Ferdinand.

Das, das für meine Liebe! (Einen Schritt zu ihr.) Aurelie — (ganz sanft) Aurelie.

Aurelie.

Kein Wort, Sie werden wieder heftig.

Ferdinand.

Aber meine liebe Aurelie —

Aurelie.

Nichts, nichts, nichts weiter. Welche Waffe hätte ich, ein schwaches Weib, Ihrem Zorn entgegen zu stellen? Wenn Sie nicht das Geschlecht in mir ehren wollen, so schonen Sie wenigstens das Unglück, denn ich bin unglücklich, es giebt auf der Welt keine Frau, die unglücklicher ist als ich. (Wieder in Thränen ausbrechend, nach rechts ab.)

Ferdinand.

Aurelie! Mein Gott, Aurelie. Ich muß ihr nach, ihr zu Füßen fallen, — nein, jetzt nicht. Sie muß erst ruhiger werden. Ich selbst habe mich hinreißen lassen, bin heftig geworden — und Alles geschah ja doch nur, weil sie mich liebt —

Margarethe (für sich).

Weil sie ihn liebt?

Ferdinand.

Und ich, ich fühle erst recht in diesem Augenblick, wie ihr mein ganzes Herz gehört. —

Margarethe (für sich).

Das ist aber recht kurios.

Ferdinand.

Meine einzige, meine theure Aurelie! O sie wird, sie muß mir vergeben. Wenn ich nur so recht wüßte, was ich eigentlich verbrochen habe. Aber die Tapete muß mir heraus, auf der Stelle. Blau ist ja abscheulich. Gleich schicke ich meinen Diener zu Pferde hinüber, und wenn wir morgen hinkommen, ist die Tapete braun, nein weiß, nein roth. Herr Gott, nun weiß ich aber wirklich nicht mehr, welchen Meublesstoff sie sich ausgesucht hatte. Das ist eine schöne Geschichte. Ich muß nur ihr Kammermädchen aushorchen, sonst riskire ich einen neuen Sturm. (Ab nach dem Garten.)

Margarethe (vortretend).

Nun, wenn ich mich vor Zärtlichkeiten fürchtete, war meine Besorgniß unnütz. Worüber haben sie denn eigentlich gezankt und geweint und getobt? Ich möchte wetten, daß sie es selbst nicht wissen. Da sieht man es das kann doch wirklich nur Verliebten begegnen.

Fünfte Scene.

Walther (steckt den Kopf durch die Thür links). **Margarethe.**

Walther.

Sind sie fort? Ist die Luft rein? Ich glaube gar, Gretchen, Sie haben den Liebesschwüren assistirt. Das paßt sich gar nicht für ein junges Mädchen. (Kommt heraus.)

Margarethe.

Ja, schöne Liebesschwüre das. Sie haben sich gezankt —

Walther.

Warum nicht gar.

Margarethe.

Ich hätte nicht gedacht, daß vernünftige Menschen um solch' Nichts heftig werden, weinen, sich Lieblosigkeit verwerfen, mit einander brechen könnten.

Walther.

Also ist es aus mit der Liebe?

Margarethe.

Nein, im Gegentheil, sie lieben sich noch immer und grade deshalb zanken sie sich —

Walther (laut lachend in einen Stuhl sinkend).

Aus Liebe? Da haben wir es. Wie kann man sich überhaupt zanken? Wir sind nun schon acht Tage hier zusammen, Gretchen, und haben uns noch niemals gezankt.

Margarethe.

Wesbalb sollten wir auch, wir lieben uns ja nicht.

Walther.

Richtig, das vergesse ich doch jedesmal. Aber so arg wird es mit den beiden auch nicht gewesen sein.

Margarethe.
Sehr arg, sage ich Ihnen. Ich habe jedes Wort gehört.
Walther.
Ah, Sie horchten?
Margarethe (piquirt).
Nein! Ich stand — zufällig — hinter dem Schirm.
Walther.
Gretchen, Gretchen! O über die Weiberneugierde.
Margarethe (immer gereizter).
Neugierde, Walther, Neugierde nennen Sie das? Sie laufen fort, weil es Sie langweilt. Einer mußte doch da bleiben. Ich opfere mich. Ich wäre dazwischen getreten, wenn es auf das Aeußerste gekommen wäre, hätte Unheil verhütet, das schon anrückte — und jetzt wollen Sie mir verwerfen —
Walther (immer lachend).
Ereifern Sie sich nur nicht. (Da sie auffahren will.) Gut, gut, Sie opferten sich. (Sacht.) Ich glaube es Ihnen ja. Ach Sie armes, kleines, schuldloses Opfer hinterm Epheugitter. (Er lacht.)
Margarethe.
Walther, wollen Sie mich verspotten? Worüber haben Sie zu lachen? (Heftig.) Ich frage, worüber Sie lachen. Ueber mich etwa?
Walther.
Hu! Gleich Feuer und Flamme. Darin sind doch die Weiber alle gleich. (Margarethe will ihn unterbrechen.) Empfindlich, reizbar. Aber Gretchen, ich wollte Ihnen ja nichts zu Leide thun.
Margarethe (heftig).
Ja, das wollten Sie. Sie wollten mich ärgern, Sie legten es darauf an, mich zu kränken, Sie thaten es mit Absicht —

Walther.

Aber, Gretchen.

Margarethe.

Und das ist es grade. Die Absicht kränkt mich, die Absicht thut mir weh, (weint) denn das habe ich nicht verdient, nein, das habe ich wirklich nicht verdient. (Weint laut.)

Walther.

Aber, liebes Gretchen, hören Sie mich doch.

Margarethe.

Nein, ich will Sie nicht hören, und ich bin auch nicht Ihr liebes Gretchen, — ich bin Fräulein Gretchen, kein Kind, das man verspotten darf, nein, das große Fräulein Margarethe, das den Herrn Walther nicht ausstehen kann, weil er ein aufgeblasener, altkluger, boshafter, langweiliger Mensch ist — (sie ist auf ihn zugegangen, er ist zurückgewichen) gehen Sie mir aus den Augen. (Stampft mit dem Fuß.)

Walther.

Hoho! Ich glaube gar, das kleine Mädchen will Ernst machen! Mein Fräulein, mein großes Fräulein Margarethe, aus den Augen gehe ich Ihnen mit dem größten Vergnügen. (Auf sie zu, sie weicht aus.) Denn ich liebe die schönen Damen nicht, wenn sie heftig werden und die Händchen krallen, und mit den Füßchen stampfen, (sie versucht vergebens ihn zu unterbrechen) denn das paßt sich nicht.

Zugleich und durcheinander.

Margarethe.

Sie wollen mir Lehren geben? — Weil Sie Ihr erstes Examen bestanden haben vielleicht? — Ich verbitte mir alle Ermahnungen. — Der Schule bin ich entwachsen. — Hören Sie! Ein für allemal! — Aus meinen Augen!

Walther.

Boshaft bin ich und aufgeblasen? — Freilich, ich saß nicht

Erster in Philosophie! — Bitte, bitte, mein Fräulein, nicht so heftig! — Jetzt wird es mir aber wirklich zu arg! — Ich bin nicht taub, auf Ehre! — Aber so besänftigen Sie sich doch! —

Sechste Scene.

Aurelie (von rechts). **Walther. Margarethe.**

Aurelie.

Aber mein Gott, was geht denn hier vor?

Margarethe.

Aurelie!

Walther.

Die Schwester.

Aurelie.

Ich höre laute Stimmen gegen einander. Margarethe, Walther, Ihr seid es? Und Ihr seht bestürzt, beschämt vor Euch nieder. Fast sollte man denken, Ihr wäret in Streit gewesen, hättet Euch gezankt.

Margarethe (für sich).

Ich glaube, sie hat Recht.

Walther (für sich).

Beinahe ist es so gewesen.

Aurelie.

Aber was hattet Ihr denn?

{ Zugleich }

Margarethe.

Liebe Aurelie!

Walther.

Meine gute Schwester.

Aurelie (lachend).

Ja aber Kinder, was soll denn das bedeuten? Wie können verständige erwachsene Menschen, Herr und Dame, sich so weit hinreißen lassen, heftig gegen einander zu werden? Ich begreife doch nicht —

Walther.

Nun Schwester, das ist stark. Nach dem, was mir Gretchen erzählte, ist es noch keine Stunde her, daß Du selbst hier mit Ferdinand —

Margarethe.

Ja Aurelie, ich schrieb einen Brief, da am Schreibtisch —

Aurelie.

Und hörtest Alles? (Verlegen.) Nun ja. — Ich fühlte mich verletzt, wurde empfindlich, vielleicht war es Unrecht, und ich habe es auch schon bitter bereut. Aber so laut, so heftig, wie Ihr —

Margarethe.

Nun, Ihr seid ganz gehörig gegen einander gerathen, das kann ich Dich versichern.

Walther.

Und wenn Ihr Euch streiten dürft, Ihr, die Ihr besonnener, ruhiger sein müßtet als wir, so sehe ich doch nicht ein, wesbalb wir, die wir sonst gar nichts weiter zu thun haben, uns nicht auch einmal zur Abwechselung streiten sollten.

Margarethe.

Ja, das sehe ich auch nicht ein.

Aurelie (die ihre Verlegenheit zu bekämpfen sucht).

Ja aber Ferdinand und ich, das ist ja ganz etwas Anderes. Wir sind Verlobte, wir lieben uns.

Walther.

Ja so.

Margarethe.
Und wir lieben uns nicht. Das vergesse ich immer.
Walther.
Da hat sie freilich Recht, wir lieben uns nicht —
Margarethe.
Sind nicht einmal verlobt —
Walther.
Nun da müssen wir uns wohl wieder vertragen. (Reicht seine Hand.)
Margarethe (schnell einschlagend.)
Ach ja! Sonst könnte man wirklich glauben —
Walther (lachend).
Daß wir uns liebten.
Margarethe (läuft davon).
Sprechen Sie doch nicht solchen Unsinn, sonst werde ich ernsthaft böse.
Walther.
Und vorher waren Sie es nur zum Spaß?
Aurelie.
Nun Kinder, fangt nur nicht wieder an. Walther geh', ich bitte Dich, suche Ferdinand auf. Ich habe ihm etwas zu sagen, bringe ihn her.
Walther.
Ihr wollt Euch doch nicht wieder zanken? Bedenke, Schwester, eine Dame und ein Herr —
Margarethe.
Aber Walther, so gehen Sie doch. (Leise.) Sie sehen ja, daß sie sich versöhnen wollen.
Walther.
Meinen Sie? Damit sind wir schneller fertig geworden.

Margarethe.
Nun freilich! Weil wir uns ja auch nicht lieben.
Walther.
Ach, das vergaß ich schon wieder. (Für sich.) Die Versöhnung will ich mir doch auch mit ansehen. (Ab durch die Mitte.)
Aurelie.
Mein liebes Gretchen nicht wahr, Du läßt uns allein wenn er kommt? Sieh', ich war vorhin so empfindlich — um nichts, ich versichere Dich — um nichts. Ferdinand hat so viel zu bedenken, so viel für mich zu überlegen, wie konnte er die einfältige Farbe im Gedächtniß behalten, und wie konnte mich das so verletzen? O das wäre auch unmöglich gewesen, wenn ich ihn nicht so sehr, so über Alles liebte. Du kannst das nicht verstehen, Gretchen, aber ich muß es ihm sagen, muß ihn bitten mir zu verzeihen, und dazu — mußt Du uns allein lassen.
Margarethe.
Liebst Du ihn denn wirklich so sehr? Täuschest Du Dich auch nicht?
Aurelie (sehr warm).
Täuschen? Wenn ich keinen andern Gedanken habe als ihn, wenn mir das Herz höher schlägt bei seinem Namen, beim Laut seines Trittes, und erst wenn er vor mir steht. Gretchen, die ganze Welt ist mir nichts ohne ihn. Ach, ich versuche vergebens, Dir klar zu machen, was nur der versteht, der es empfindet.
Margarethe (für sich).
Also es gäbe doch Liebe? Das ist kurios.
Aurelie.
Du bist zu jung, kannst das nicht verstehen.

Margarethe (etwas verletzt).

Zu jung, mit 17 Jahren? Nun ich dächte, mit 17 Jahren könnte man Alles verstehen.

Aurelie.

Da kommt Ferdinand, bitte, bitte, laß uns allein.

Margarethe (für sich).

Daß sie mich zu jung hält, die Liebe zu verstehen, das ist stark. Freilich die Liebe, die sich zankt und heftig wird. Herr Gott, ich habe mich auch gezankt — mit Walther. Ich war so böse, ich hätte ihm die Augen auskratzen können, und doch habe ich ich ihn so gern, recht gern. Aber ich liebe ihn nicht, Gott bewahre, es giebt ja keine Liebe. Daß sie aber sagt, ich wäre noch zu jung, die Liebe zu verstehen, das ärgert mich doch. (Ab nach rechts.)

Siebente Scene.

Aurelie (die inzwischen auf und abging, Ferdinand entgegen gehen wollte, dann stehen blieb, nach der Arbeit griff, und sie wieder fortwarf). **Ferdinand.**

Aurelie.

Ich bin wirklich beschämt, verlegen.

Ferdinand (einen Brief in der Hand).

Aurelie, Du schicktest Deinen Bruder nach mir —

Aurelie.

Mein lieber Freund — (sie geht einen Schritt auf ihn zu und bleibt verlegen stehn.) Ich glaube, wir hatten uns vorher mißverstanden, — bist Du mir böse? (Sie schlägt den Blick auf.)

Ferdinand (steht ganz kalt mit erzwungener Ruhe).

Aurelie.

Ferdinand, zürnst Du mir wirklich?

Ferdinand.

Ich weiß nicht, ob ich ein Recht dazu habe. (Weicht einen Schritt zurück.) Diesen Brief gab ein Reitknecht für Dich ab, zu Deinen eigenen Händen war sein Auftrag. Es war vielleicht sehr indiscret, daß ich mich erbot ihn zu überbringen. Ich habe kein Recht, mich um Deine Correspondenzen zu bekümmern.

Aurelie.

Welche feierliche Miene! Von wem ist der Brief?

Ferdinand (immer erregter).

Das solltest Du nicht errathen? Solltest nicht Siegel, Format kennen, solltest ihn nicht vielleicht gar erwartet haben?

Aurelie.

Ferdinand!

Ferdinand.

Es wäre doch wunderbar, wenn dies der erste Brief des Absenders wäre. Der Reitknecht schien so gut Bescheid zu wissen, schien zu erschrecken, als er mich sah.

Aurelie.

Aber werde ich denn endlich erfahren, von wem der unglückliche Brief ist?

Ferdinand.

Vortrefflich, ganz vortrefflich, Du verstellst Dich ganz süperb, meine liebe Aurelie. Wer Dich so sähe, sollte wirklich meinen, Du hättest keine Ahnung, daß dieser zierliche Brief mit der martialischen Aufschrift und mit einem vierblättrigen Kleeblatt, Umschrift „espoir" gesiegelt, von der Schönheit der Garnison, vom Rittmeister von Stürmer käme.

Aurelie.

Ah, von dem? Mein Spielkamerad aus der Kindheit.

(Ganz unbefangen.) Was kann der mir schreiben? Aufrichtig gesagt, daß er der vortrefflichste Tänzer, der kühnste Reiter, der charmanteste Gesellschafter ist, das wußte ich — daß er sich auch mit Briefstellen abgiebt, ist mir neu.

Ferdinand.

Wirklich? Nun so bin ich der Ansicht, daß man ihm das neue Talent abgewöhnen muß. (Sehr erregt.) Wenigstens würde ich bitten, daß meine Braut, in wenig Wochen meine Gattin, dergleichen Correspondenzen unterließe, dergleichen heimliche Sendungen durch bestochene Reitknechte.

Aurelie (für sich).

Wahrhaftig, er ist eifersüchtig.

Ferdinand (ganz nahe an sie herantretend, mit verhaltenem Zorn).

Ich möchte doch wissen, was dieser Herr Dir, meiner Braut, zu schreiben hat.

Aurelie.

Ja, das möchte ich auch wissen, so lange Du aber den Brief unerbrochen in den Händen hältst, werden wir es schwerlich erfahren.

Ferdinand (zaudernd den Brief besehend).

Wenn Du wirklich so unbefangen, so gleichgültig wärest gegen diesen Brief, als Du mich glauben machen willst, würdest Du ihn unerbrochen zurücksenden, würdest ihm sagen lassen, Du verbätest Dir alle Briefe. —

Aurelie.

Nein mein Freund, das würde ich nicht. Stürmer ist mein Jugendgespiele, der Brief kann die unschuldigsten Dinge von der Welt enthalten. Ihn nicht annehmen, hieße Dinge vermuthen, die ich nicht gestatten würde, vorauszusetzen.

Ferdinand (für sich).

Sie hat Recht — und doch —

Aurelie.

Vor Dir habe ich keine Geheimnisse, erbrich Du den Brief, lies ihn —

Ferdinand.

Wie? das gestattest Du mir? Aurelie, bedenke, was Du thust. Ein Wort von Liebe und er muß sterben — er oder ich —

Aurelie (auf den Brief losstürzend).

Mein Gott — aber nein, nein, Du kannst ihn lesen, ganz ruhig lesen, ich bin überzeugt —

Ferdinand.

Also — (er will den Brief erbrechen.)

Aurelie (für sich).

Er nennt mich noch immer „liebe Aurelie" aus Kindergewohn= heit. Am Ende — (laut.) Ferdinand, erbrich den Brief lieber nicht, ich bitte Dich darum, als ein Zeichen Deines Vertrauens.

Ferdinand.

So, also das war Deine Sicherheit, Deine Unbefangenheit? So sollte ich getäuscht werden? Gut, ich werde den Brief nicht erbrechen, aber mein Wort darauf, so lange ich noch ein Recht habe als Dein Verlobter Deinen Ruf, Deine Ehre zu wahren, wirst auch Du ihn nicht erbrechen.

Aurelie.

So wird dieses arme Schriftstück also immer ein Räthsel bleiben.

Achte Scene.

Aurelie. Ferdinand. Walther (aus dem Garten).

Walther.

Liebe Schwester, Ferdinand! Aber was habt Ihr denn? Ferdinand beißt die Lippen zusammen, dunkle Röthe liegt auf seiner Stirn, Aurelie kämpft mit Thränen.

Aurelie.

Mein lieber Bruder, Du weißt es, Dir gestand ich zuerst meine Liebe zu diesem Manne, und er kränkt mich mit Mißtrauen, mit Eifersucht. —

Walther.

Aber Ferdinand!

Ferdinand.

Walther, Dich frage ich, darf eine Frau, eine verlobte Frau, Briefe annehmen, heimliche Briefe von Rittmeistern?

Aurelie.

Von einem Jugendgespielen.

Ferdinand.

Vom schönsten Mann der Garnison, in den alle Damen, mehr oder weniger, verliebt sind —

Walther.

Von Stürmer? Ja Aurelie, gefährlich ist er.

Aurelie.

Aber Walther!

Walther.

Allerdings fragt es sich vor allen Dingen, was in dem Brief steht.

Ferdinand.

Ja, das fragt sich.

Aurelie.

Darauf kommt es an.

Walther (zu Ferdinand).

Ja, aber das mußtest Du doch wissen, ehe Du so eifersüchtig wurdest.

Aurelie.

Ja, das wissen wir eben nicht. Der Brief ist unerbrochen. Ferdinand gab sein Wort, daß ich ihn nicht erbrechen dürfe; ich leide nicht, daß er vor mir Briefe liest, die an mich adressirt sind —

Walther.

Nun so gebt mir den Brief. Ich, der Bruder, der Freund, der nun doch einmal im Geheimniß ist, kann dann entscheiden.

Aurelie.

Ich bin es zufrieden.

Ferdinand.

Ich habe auch nichts dagegen.

Walther (nimmt den Brief).

Erst muß ich Dich aber ausschelten, Schwager. Du mußt doch ganz gut wissen, wie Aurelie Dich vor allen Andern wählte, wie sie Dir vertraut. Wie kann ein vernünftiger Mensch eifersüchtig sein?

Ferdinand.

Du magst Recht haben, aber wenn man liebt —

Walther (den Brief erbrechend).

Freilich, das verstehe ich nicht, wenn man liebt. Eine neue Thorheit der Liebe. (Er liest; seine Züge beunruhigen sich, er zittert, knittert dann den Brief zusammen und wirft ihn zornig zu Boden).

Aurelie und **Ferdinand** (in höchster Spannung).

Nun?

Walther.

Ein dummer, alberner, empörender Brief —

Ferdinand (aufbrausend).

Habe ich es nicht gesagt?

Aurelie.

Mein Gott, was ist es denn?

Walther.

O, Du kannst Dich beruhigen, Schwager. Von Liebe steht zwar in dem Brief, (Ferdinand will auffahren,) aber nicht für Aurelie. „Meine Allergnädigste", und „Dero Unterthänigster".

Aurelie.

Nun, das habe ich ja gewußt.

Walther.

Er hat Gretchen gesehen, Gretchen, vorgestern auf dem Wettrennen. Sie hat eine Blume fallen lassen, als er vorbei ritt. (Auffahrend.) Was hat sie Blumen fallen zu lassen? Er liebt sie. Aurelie soll die Bekanntschaft vermitteln. Ich hoffe, Schwester, Du wirst Dich mit dergleichen Dingen nicht einlassen.

Aurelie.

Nun weshalb denn nicht? Wenn er sie liebt, sie ihn will —

Ferdinand.

Er ist charmant, liebenswürdig, geachtet von seinen Kameraden —

Walther.

Und vor einer halben Stunde sollte Deine Braut nicht einmal einen Brief von ihm annehmen?

Ferdinand.

Das ist ja aber ganz anders jetzt. Du mußt ihm schreiben, Aurelie.

Walther.

Jetzt soll sie ihm gar schreiben.

Ferdinand.

Weshalb nicht? — unter diesen Verhältnissen. Oder besser, wir machen die Bestellung mündlich, der Reitknecht wartet; wir laden Stürmer ein —

Walther.

Aber, Schwager, einladen? Aurelie ist jung, ist Braut, da ladet man doch nicht Rittmeister —

Ferdinand.

Lieber Walther, Du hast mir so klar gemacht, daß die Eifersucht eine Thorheit ist, daß ich ihr ein für allemal entsagt habe.

Aurelie.

Darf ich Dir glauben? Wenn der schöne Rittmeister das zu Wege gebracht hat, könnte ich ihm aus Dankbarkeit um den Hals fallen.

Ferdinand.

Nein, nein, das wäre doch überflüssig.

Aurelie.

Laden wir ihn also ein —

Ferdinand.

Ja — auf nächste Woche. Komm, Aurelie.

(Beide in den Garten ab).

Walther (allein).

Unerträglich! Verlobte, die zärtlich sind, das geht noch, Verlobte in Streit und Eifersucht, das ist schon schlimmer, aber Verlobte, die sich wieder vertragen, das ist nicht zum Aushalten. Obenein machen die nichts als Thorheiten. Diese Einladung zum Beispiel. Er wird kommen, er wird Gretchen die Cour machen, er ist schön, zuversichtlich wird sie sich in ihn verlieben. — Ach, was geht das mich an? Aber es ärgert mich, ärgert mich wahrhaftig, ich weiß nicht, weshalb?

(Wirft sich in einen Stuhl und stemmt den Kopf in die Hände).

Neunte Scene.

Margarethe (leise von rechts eintretend). **Walther.**

Margarethe.

Ich muß doch Walther einmal fragen, ob er mich für zu jung hält, die Liebe zu verstehen. Ah, da sitzt er.

Walther (für sich).

Wenn ich sie liebte, ja, aber so kann es mir ja ganz gleichgültig sein.

Margarethe (legt die Hand auf seine Schulter). Walther.

Walther.

Ah, Sie sind es, Gretchen?

Margarethe.

So allein hier und so nachdenkend? Was macht unser Brautpaar?

Walther.

Thorheiten! Lauter Thorheiten!

Margarethe.

Immer noch? Wie lange soll das dauern?

Walther.

Sie fangen erst recht an.

Margarethe.

Und alles aus Liebe, von der Aurelie behauptet, ich verstände sie nicht. Haben sie sich denn wieder gezankt?

Walther.

Nein, — aber eigentlich doch, Ferdinand war eifersüchtig.

Margarethe.

Eifersüchtig? Wie komisch, wie kann nur ein vernünftiger Mensch eifersüchtig sein?

Walther.

Ja, das sage ich auch.

Magarethe.

Und um Alles in der Welt, auf wen war er denn eifersüchtig?

Walther.

Auf wen? Ja auf wen doch? Auf den gleichgültigsten, albernsten Menschen von der Welt.

Margarethe (lachend).

Immer besser. Erzählen Sie doch.

Walther.

Was geht es Sie an, Gretchen?

Margarethe.

Nein, das muß ich herausbekommen, das amüsirt mich. (Will gehen).

Walther.

O ich will es Ihnen sagen. (Gereizt.) Dieser Eifersuchtsgegenstand scheint Sie ja gewaltig zu interessiren. Freilich, wenn Ihr Mädchen nur von einer Uniform hört —

Margarethe.

Also ist's ein Offizier?

Walther.

Ja, es ist ein Offizier, ein Rittmeister sogar, (immer erregter) ein wunderschöner Rittmeister mit dunklen Augen und schwarzem Schnauzbart, ein Herzensstürmer, heißt auch Stürmer.

Margarethe.

Rittmeister Stürmer? Auf den ist der Onkel eifersüchtig? Nun, so gar gleichgültig scheint mir der allerdings nicht, und albern finde ich ihn auch nicht, er ist sogar liebenswürdig, und wie er wunderhübsch reitet —

Walther.

So? So? So? Nun, beruhigen Sie sich doch, Fräulein Margarethe, beruhigen Sie sich. Er kommt, Ferdinand ladet ihn ein —

Margarethe.

Aus Eifersucht?

Walther.

Nein! Weil er Ihnen den Hof machen soll, Ihnen, — freuen Sie sich doch, das wird ja reizend werden; er ist so schön und so liebenswürdig, und tanzt so vortrefflich, und reitet so wunderhübsch. Ah, dann wird es amüsant werden hier im Hause.

Margarethe.

Aber was haben Sie denn, Walther?

Walther.

O ich sehe es schon im Geiste — dies Glück, diese Heiterkeit. Eine Blume haben Sie schon fallen lassen vorgestern auf dem Wettrennen, als er vorbeiritt; gleichgültig ist er Ihnen nicht, Sie sagten es ja selbst, liebenswürdig ist er, nun ich gratulire. Ich sehe Alles, Alles. (Sehr heftig.) Nein, ich werde nichts sehen, denn ich reise, reise noch in dieser Stunde, hier im Hause wird es mir ganz unerträglich. (Schnell links ab.)

Margarethe (allein).

Was hat er nur? Habe ich ihm etwas zu Leide gethan? Ich wüßte doch nicht. Wie er heftig wurde, mir beben noch alle Glieder — heftig über den Rittmeister, der ihm doch weiß Gott nichts gethan hat. Wenn er auch eifersüchtig wäre! Eifersüchtig? Aber er liebt ja nicht, mein Gott, das vergesse ich doch immer. Wie kann man eifersüchtig sein, wenn man nicht liebt? Ich muß ihm doch etwas zu Leide gethan haben, und wenn ich auch nicht weiß, was, und es gewiß wider meinen Willen geschah, so thut es mir doch erschrecklich

leid. Ich habe ihn zu gern. Nein, ich habe ihn nicht gern, denn er hätte es mir aufrichtig sagen können und durfte keinenfalls so heftig werden. Ich kann die Männer alle zusammen nicht leiden.
(Ab nach rechts.)

Zehnte Scene.

Aurelie (aus dem Garten). **Ferdinand** (folgt ihr). Darauf **Walther** und **Margarethe**.

Aurelie.

Nein, nein, nein, Ferdinand, so schnell kann ich Dir nicht vergeben.

Ferdinand.

Liebe Aurelie, Du siehst, wie ich beschämt bin, wie ich bereue.

Aurelie.

Und kann ich dieser Reue glauben?

Walther (aus der Thür, für sich).

Ich ging zu weit ich bin beschämt. Ah, sie ist nicht mehr da.

Aurelie.

Eifersüchtig zu sein — und Du weißt doch, daß ich Dich liebe. Sage nichts, Ferdinand, Eifersucht ist kein Beweis von Liebe —

Walther (für sich).

Nicht? Das ist schön.

Aurelie.

Es ist ein Zeichen von Mißtrauen, und ehe ich Dir verzeihe, mußt Du versprechen, nie wieder zurückzufallen in diesen Fehler.

Ferdinand.

Ich verspreche es.

Margarethe (aus der Thür, für sich).

Ich will doch fragen, was ich ihm zu Leide that. (Sieht die Andern). Ah!

Aurelie.

Nun denn, so bitte um Verzeihung.

Ferdinand.

Aurelie!

Aurelie.

Auf den Knieen.

Ferdinand.

Du lächelst, Du hast mir schon vergeben.

Aurelie.

Nein, mein Herr, durchaus nicht, und ich bestehe darauf. Ist es denn so schwer, vor seiner Braut zu knieen?

Ferdinand.

Im Gegentheil. Es ist so leicht, ihr zu gehorchen. Du willst es, also — (Er kniet nieder.)

Aurelie.

Und somit, Du lieber, böser, ungezogener Mann, vergebe ich Dir.

Ferdinand (küßt ihre Hand).

Von ganzem Herzen?

Aurelie.

Von ganzem Herzen.

Ferdinand (springt auf).

Du liebe, gute, einzige Aurelie. (Er umfaßt sie.)

Aurelie.

Ferdinand!

Ferdinand.

Nein, nein, der Mann, der vor Dir kniete, hat sich dadurch sein

Recht erworben, ich lasse Dich nicht, und zum Beweis, daß Alles vergessen ist — (Er küßt sie).
Aurelie.
Ferdinand, mein lieber, einziger Freund. (Sie sieht Walther und Margarethe, die näher traten.) Mein Gott, wir waren nicht allein. (Sie macht sich los und läuft nach dem Garten).
Walther (zu Ferdinand).
Du mußtest knieen, armer Schwager, das war eine große Thorheit, damit ist Deine Autorität für immer verloren.
Ferdinand.
Das verstehst Du nicht. Was thut man nicht, wenn man liebt! (Folgt Aurelie.)

Eilfte Scene.

Margarethe. Walther.

Margarethe.
Ich glaube, sie haben sich versöhnt?
Walther.
Das scheint mir auch sc.
Margarethe.
Sie lieben sich ja auch, das konnte nicht anders kommen.
Walther.
Freilich, sie lieben sich, aber versöhnen kann man sich doch, wenn man sich auch nicht liebt. Margarethe, ich war heftig vorhin, habe Sie wohl verletzt?

Margarethe.

Ja, was hatten Sie denn eigentlich, Walther?

Walther.

Nichts, nichts, reden wir nicht mehr davon, aber vergeben Sie mir.

Margarethe.

Sie waren heftig, Walther, sehr kränkend, und ehe ich Ihnen vergebe, müssen Sie mich um Verzeihung bitten.

Walther.

Ich bitte —

Margarethe.

Auf den Knieen.

Walther.

Margarethe!

Margarethe.

Ich thue es nicht anders, mein Herr, unter keiner Bedingung.

Walther.

Ach, Sie sind mir ja gar nicht mehr böse.

Margarethe.

Wer weiß. Aber wenn Sie meine Verzeihung nicht wollen — (wendet sich zum Gehen).

Walther (hält sie zurück).

Margarethe!

Margarethe.

Ist es denn so schwer, vor seiner — ach nein, das paßt ja nicht, — ist es denn so schwer, vor mir zu knieen?

Walther.

Im Gegentheil. Es ist so leicht, Ihnen einen Gefallen zu thun also — (fällt ihr zu Füßen).

Margarethe.

Und somit, Sie böser, guter, ungezogener Walther, vergebe ich Ihnen.

Walther (küßt ihr die Hand).

Von ganzem Herzen?

Margarethe.

Von ganzem Herzen.

Walther (springt auf).

Liebes, herziges Gretchen! (Er umfaßt sie).

Margarethe.

Aber Walther.

Walther.

Nein, nein, ich habe gekniet, das ist mein Recht, zum Beweis, daß Alles vergessen ist. (Küßt sie.)

Margarethe (macht sich los.)

Aber was soll denn das bedeuten?

Walther.

Hat Ferdinand das nicht auch gethan, und Aurelie es geduldet?

Margarethe.

Ja, aber die lieben sich auch, sind verlobt.

Walther.

Da haben Sie freilich Recht. Aber wer sagt Ihnen denn, daß wir uns nicht auch lieben?

Margarethe.

Kuriofer Einfall!

Walther.

Wir haben heute Morgen so ziemlich Alles nachgemacht, was die thaten.

Margarethe.

Freilich wir haben nur von der Liebe gesprochen.

Walther.

Haben uns gezankt —

Margarethe.

Sie sind eifersüchtig gewesen —

Walther.

Und wir haben uns versöhnt, gewiß in aller Form, wie mir scheint.

Margarethe.

Ja, aber das war nicht schicklich, ganz und gar nicht. Sie sind viel zu weit gegangen. Küssen, das verzeiht man höchstens einem Brautpaar.

Walther.

Ja, aber wenn wir uns schon lieben, wüßte ich nicht, was im Wege steht, daß wir uns das Recht auch erwerben.

Margarethe.

Sie meinen? Das müßten wir doch alles noch sehr überlegen, ganz genau prüfen.

Walther (faßt ihre Hand).

Margarethe, Gretchen. (Er schlingt seinen Arm um sie.) Was ist da noch viel zu überlegen? Sieh mir in's Auge.

Margarethe.

Aber ich denke, es giebt gar keine Liebe?

Walther.

Gretchen, ich weiß es jetzt anders, und Du, Du auch. (Er umarmt sie.)

Zwölfte Scene.

Aurelie und **Ferdinand** (Arm in Arm aus dem Garten.) **Walther. Margarethe.**

Aurelie.

Mein Gott, Walther, Margarethe, was sehe ich? (Er umarmt sie.

Walther.

Wir haben das Recht dazu. Ein zweites Brautpaar stellt sich Euch vor.

Aurelie.

Lieber Bruder — Gretchen!

Ferdinand.

Ein Brautpaar — Aurelie, laß sie uns so schnell als möglich verheirathen, denn ein Brautpaar im Hause, das ist —

Aurelie.

Unerträglich! Ich glaube selbst.

Walther.

Ganz unerträglich. Und wer weiß, wenn wir das hätten ertragen können — wie es da gekommen wäre.

Margarethe (hält ihm den Mund zu).

St! das braucht ja Niemand zu wissen.

(Der Vorhang fällt.)